AF317819

EUGÈNE MONTFORT

BRELAN MARIN

PARIS

BIBLIOTHÈQUE DES MARGES

À LA LIBRAIRIE DE FRANCE

MCMXXII

LA

BIBLIOTHÈQUE DES MARGES

MM. ALEXANDRE ARNOUX

GEORGES DUHAMEL

JEAN ET JÉRÔME THARAUD

MAX JACOB

PIERRE BENOIT

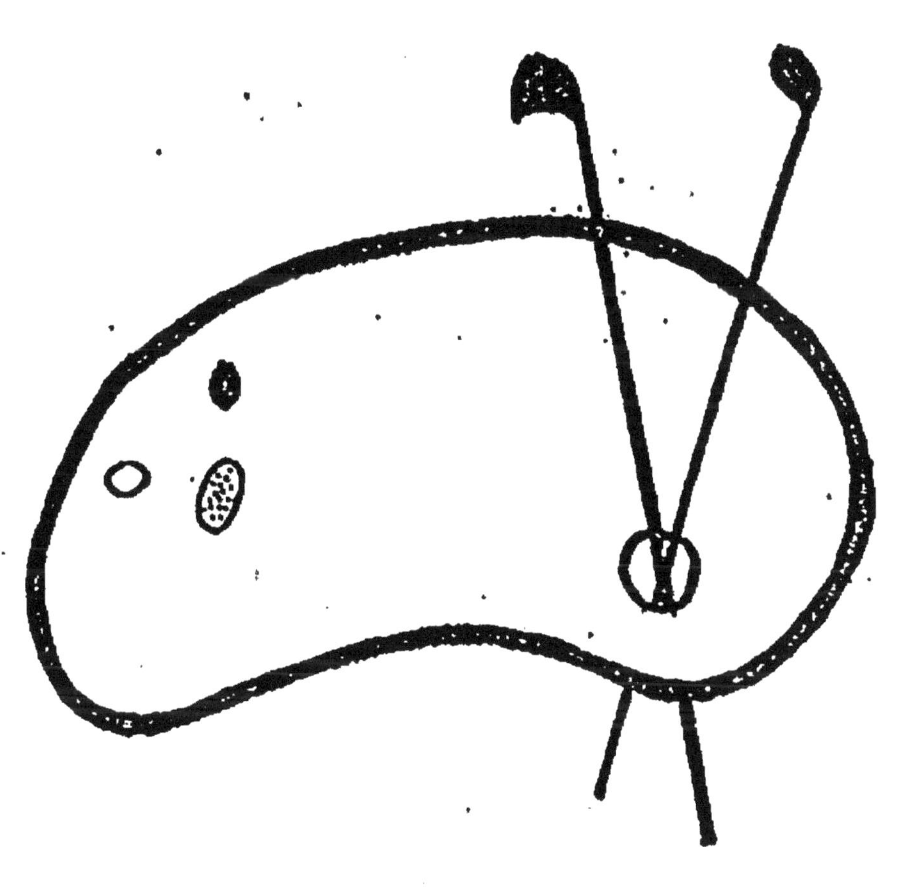

FIN D'UNE SERIE DE DOCUMENTS
EN COULEUR

Brelan marin

DU MÊME AUTEUR

ROMANS : *Les Cœurs malades. La Turque. Le Chalet dans la montagne. La Maîtresse américaine. La Chanson de Naples. Les Noces folles. La Belle-Enfant. Un Cœur vierge.*

POÈMES EN PROSE : *Sylvie ou les émois passionnés. Chair. Essai sur l'Amour.*

DIVERS : *La Beauté moderne. En flânant de Messine à Cadix. Montmartre et les Boulevards. Les Marges, 1903-1908. Mon Brigadier Triboulère.*

EUGÈNE MONTFORT

BRELAN MARIN

PARIS

BIBLIOTHÈQUE DES MARGES

A LA *LIBRAIRIE DE FRANCE*

99, BOULEVARD RASPAIL, 99

—

MCMXXII

Le Revenant des Cappuccini

C'est une admirable ville que Palerme. Elle est située dans un paysage magnifique, et les Espagnols, qui l'ont possédée pendant trois siè‑cles, y ont bâti des monuments majestueux et lui ont imprimé un caractère de rudesse et de grandeur, qui, dans la douceur de ce ciel, et traversé par les molles brises de la mer Tyrrhénienne, prend une étrange saveur.

Il n'est pas besoin d'avoir fait grand chemin dans la cité pour s'y sentir saisi par le prestige du passé. A chaque pas, de vieux palais, dont les portails sculptés s'ouvrent largement sur la rue, découvrent des cours où l'on aperçoit des galeries voûtées et des escaliers de marbre, et l'on rêve à l'époque où des carrosses roulaient à grand fracas sur le pavé, et où des seigneurs haut bottés et des dames en robes à traîne, qui revenaient de la messe, se saluaient cérémonieusement en passant. La petite place des Quattro Canti, qu'entourent des maisons surchargées d'ornements et parées de statues royales, se trouve au centre de Palerme et, du matin au soir, la plus grande animation y règne. Une foule, à la fois vive et nonchalante, où l'on croit retrouver les traits de la fierté castillane et de la volupté arabe, la couvre sans cesse.

*   *   *

A la fin du siècle dernier, je m'étais fixé pour un hiver dans cette ville. Je logeais chez un descendant d'une famille espagnole, de qui les aïeux étaient venus s'installer jadis en Sicile, *il signor* Herrera, et j'occupais, précisément dans un des palais anciens de la *via* Maqueda, au deuxième étage, un petit appartement dont les fenêtres, ouvrant sur la rue, me permettaient de jouir, dès le matin, du mouvement des Quattro Canti tout voisins.

De sa lointaine origine espagnole, mon hôte avait gardé une politesse raffinée et discrète qui m'agréait fort. Bien que mon appartement ne fût, en somme, qu'une partie du sien, jamais je ne l'entendais, et je ne le voyais absolument que si je le désirais.

Ma chambre ne contenait rien de remarquable, excepté, peut-être, une lourde table de chêne aux pieds sculptés, une madone en bois doré sur une commode, et, au mur, un portrait ancien, lequel m'avait intéressé dès le premier jour, à cause de la personne qui y figurait. C'était une jeune fille brune, extrêmement jolie, qui portait un habit religieux et dont les grands yeux noirs avaient l'air un peu égaré. La peinture semblait être de l'époque de Louis XIV. Elle était placée en face de mon lit ; il y avait, exactement dessous, un grand fauteuil où je m'asseyais quelquefois pour lire.

J'avais demandé au signor Herrera qui avait été la demoiselle que représentait ce tableau, mais il n'avait pas su me répondre...

****

Je menais à Palerme une vie assez douce. Je partageais mon temps entre des promenades dans les jardins, qui sont charmants, des flâneries au marché et sur le port, et des visites à la chapelle Palatine, de la beauté de laquelle je ne me lassais pas. J'avais fait la connaissance de quelques étrangers dont l'humeur me plaisait et je les retrouvais, à la fin de la journée, au Corso de la Marine, qui est le rendez-vous des élégances et où l'on aperçoit souvent de fort jolies femmes.

Je connaissais parfaitement toutes les curiosités de la ville, sauf une seule dont on m'avait parlé souvent, mais que j'avais toujours refusé d'aller voir. C'était le couvent des Cappuccini, lequel est célèbre pour ses cryptes remplies de squelettes. Je n'ai guère le goût du macabre, je redoute le cauchemar et j'apprécie les nuits paisibles. Je craignais, si j'entrais aux Cappuccini, d'y éprouver des sensations qui troubleraient ensuite mon sommeil. Cependant, on m'avait tellement rompu les oreilles avec ce couvent et l'on avait mis tant d'insistance à me répéter qu'il était tout à fait ridicule d'habiter Palerme et de n'avoir pas vu cela, qu'un jour où je me sentais les nerfs reposés et l'esprit calme, je m'acheminai vers les Cappuccini.

Il faut gagner les faubourgs. Le peuple qui habite près du monastère vous regarde d'un air un peu moqueur; il pense certainement : « Encore un étranger qui y va, nous verrons sa figure quand il en sortira... »

En face de la muraille blanche du couvent, j'eus envie de tourner talons et de rentrer tranquillement chez le signor Herrera. Mais puisque, aussi bien, je m'étais aventuré à venir jusque-là, ma foi, je passai la voûte et je parlai au frère portier. On ouvrit une grille, on me fit descendre un escalier et, aussitôt, ce fut épouvantable.

J'étais dans une longue galerie bondée de morts jusqu'au plafond. Le long du mur, une ligne de squelettes, debout, en robes noires, les mains gantées et croisées sur le ventre, semblaient vous regarder passer. A leurs pieds, on voyait des rangées de cercueils vitrés, chacun renfermant une dépouille humaine et, au-dessus de leurs têtes, des niches superposées, de la longueur d'un corps, pratiquées dans le mur et contenant chacune un cadavre. La voûte, aux endroits pleins, supportait des squelettes, en robes eux aussi, qui, accrochés par la taille et penchés sur vous, paraissaient vous fixer en riant d'un rire muet.

Je fus pris d'une horreur qui me
sécha la gorge et me donna la fièvre.
Un moine me conduisait, marchant
devant moi d'un air ennuyé, s'arrê-
tant quand je m'arrêtais, repartant
quand je repartais. Je visitai ainsi
plusieurs galeries. Cependant, le premier moment écoulé, cet affreux
spectacle prenait je ne sais quoi d'at-
tirant. En même temps que repoussé
on était appelé par ces faces de
squelettes, et le terrible mystère de la
Mort vous saisissait dans ses griffes.
Toutes ces orbites vides fixaient le
sol comme si elles y avaient découvert quelque chose d'inouï et ces
mâchoires étaient entr'ouvertes par

un rictus qui vous glaçait les os. On voyait un grand squelette auprès d'un petit, et un crâne sur lequel restait un peu de peau séchée et des cheveux à côté d'un crâne lisse et blanc. Celui-ci dessinait une grimace crispée et atroce, celui-là souriait avec douceur. L'un paraissait réfléchir profondément, l'autre gardait une mine étonnée. Et il y avait les robes, leurs robes, flottant sur les os, vides et faisant des plis, ou toutes ballonnées... Et l'attitude des squelettes penchés les uns sur les autres, confidentiels, secrets, ou bien affectueux et comme fraternels. .

Je remarquai particulièrement un

2

corps dont le mouvement était différent des autres. Sans doute était-il
attaché autrement. Au lieu de se pencher sur le sol, le front se tenait droit ;
on eût dit qu'il levait la tête vers
vous ; son épaule gauche était appuyée sur le squelette voisin, lequel
était un peu plus petit. Je m'approchai et je lus un nom sur l'écriteau
fixé à la robe :

·PIETRO CATALA

8 *Aprile* 1684.

Mais j'étais saturé d'horreur, je fis
signe au moine qui me précédait et je
remontai parmi les vivants.

Cependant je revis le ciel bleu sans

aucune joie, j'avais le cœur inerte, et revenant chez moi, je regardais les gens que je croisais sans pouvoir m'empêcher de penser que tous, un jour, seraient pareils, et moi aussi, à ceux que j'avais vus là-bas. Je ne croyais plus à la vie, elle me faisait l'effet d'une effroyable plaisanterie.

* * *

Le lendemain matin, ayant dormi à poings fermés, je me réveillai d'excellente humeur et ne pensant pas plus aux Cappuccini et à' leurs lugubres habitants qu'à Jules César ou qu'au Grand Turc. Un rayon de soleil illuminait ma chambre, j'entendais le bruit joyeux de la rue : j'allais jouir encore d'une belle journée et je me promènerais dans de magnifiques paysages. Je songeais, en m'habillant, à aller faire un tour sur le port, puis je pourrais déjeuner dans un restaurant flottant près de la Porta Felice où, sur une terrasse de bois au milieu de l'azur du ciel et de la mer, on mangeait de délicieux coquillages et des pâtes.

Tandis que je tournais dans ma chambre, j'aperçus sur la table une pile de vieux bouquins. J'avais demandé la veille à mon hôte s'il n'aurait pas quelque ouvrage sur Palerme à me prêter : c'était là sans doute ce qu'il avait découvert dans sa bibliothèque. Je m'assis dans le fauteuil qui se trouvait juste au-dessous de ce portrait ancien de jeune religieuse dont j'ai parlé, et je pris le livre qui couronnait la pile pour me mettre en devoir de le feuilleter. C'était un petit in-16, relié en parchemin, et qui était intitulé : *Raccolta, di fatti rari e strani, avvenuti a Palermo dall'anno 1650 sino alla fine del secolo decimo settimo* (1).

Je l'ouvris. Il était bien imprimé

---

1. Recueil de faits rares et curieux survenus à Palerme depuis l'année 1650 jusqu'à la fin du XVII° siècle,

sur un papier vergé jauni par le temps
et cela me fit plaisir de l'avoir entre
les mains. J'y avais déjà parcouru plusieurs anecdotes qui, à vrai dire, n'é-
taient pas extrêmement curieuses,
quand je tombai sur un récit qui
m'arrêta. Le voici, ou à peu près, et
tel que ma mémoire l'a conservé :

« 1684. — Le 8 avril s'est produit
« un funeste événement très propre
« à émouvoir les âmes tendres et dont
« toute la ville a parlé plusieurs se-
« maines. Un jeune homme de vingt-
« trois ans, le fils aîné d'un des per-
« sonnages notables de la ville, Pietro
« Catala, qui s'était fiancé avec Bianca
« Belfiore, d'illustre et très ancienne

« famille, et devait célébrer ses noces
« le mois suivant, se promenait avec
« son amante, vers les quatre heures
« de l'après-midi dans le chemin qui
« mène à Monréale. Comme ils mar-
« chaient à travers la campagne, ad-
« mirant la beauté du printemps et
« s'adressant de très douces paroles,
« un orage d'une violence extrême,
« et tel qu'il s'en forme en cette sai-
« son incertaine, éclata soudainement.
« Les deux enfants se réfugièrent sous
« un arbre. Mais le destin très cruel
« voulut que, presque aussitôt, le feu
« du ciel, déchirant la nue, fondît sur
« cet arbre élevé. Pietro fut touché
« par la foudre et expira. Bianca, dé-

« sespérée, tomba inanimée près de
« lui. On les trouva l'un et l'autre
« étendus sur l'herbe un peu plus
« tard.

« A la suite de cette terrible infor-
« tune, la belle et malheureuse Bianca
« Belfiore est entrée dans les ordres.
« Elle a pris le voile le jour même où
« l'on devait célébrer son mariage
« avec Pietro Catala. »

Après avoir lu cette page, je me
mis à rêver, je répétais en moi-même :
Pietro Catala... Il me semblait que ce
nom ne m'était pas inconnu. Je finis
par le prononcer plusieurs fois à voix
haute. Alors, soudain, le couvent des
Cappuccini me remonta à l'esprit, je

revis ses galeries affreuses et ses rangées de morts et je me souvins de
celui qui portait la tête droite et dont
j'avais lu le nom et la date suprême
sur la robe. Pietro Catala ! A ce mo·
ment, j'éprouvai je ne sais quel ma-
laise, je fus pris d'une subite inquié·
tude, une force singulière me poussa
à lever la tête et à regarder le portrait au-dessous duquel j'étais assis.
Il me sembla alors que ses yeux éga-
rés me considéraient ardemment. Je
ne cherchai point d'explication, je ne
pensai qu'à échapper à l'impression
pénible que je ressentais. Je me jetai
sur mon chapeau, je sortis de la
chambre en fermant fiévreusement la

porte derrière moi, je descendis l'escalier précipitamment et je ne me trouvai soulagé que dans la rue, au milieu de l'agitation et du bruit de la foule qui descendait vers les Quattro Canti.

J'avais passé une journée troublée, loin du plaisir que j'espérais. Partout, j'avais été suivi par une préoccupation sourde qui ne m'avait pas laissé la tête assez libre pour jouir de ce qui m'entourait. Aussi vis-je avec satisfaction approcher l'heure où je rejoignais presque chaque jour mes amis au Corso de la Marine. Enfin, j'allais pouvoir raconter ce qui m'était arrivé et après, sans doute, je n'y penserais plus. Je fus déçu cependant par la façon dont on accueillit mon histoire. Il me sembla qu'on n'y attachait pas l'importance qu'elle méritait et surtout qu'on ne la considérait pas du point de vue qu'il fallait. Certes, ils admirèrent beaucoup la coïncidence qui m'avait fait rencontrer dans un livre de hasard l'histoire même d'un mort que j'avais remarqué la veille aux Cappuccini, mais ils jugeaient cette coïncidence naturelle : vraiment, elle ne l'était pas. Je quittai donc assez vite mes amis. J'étais mécontent, je venais de m'apercevoir de leur légèreté. Je m'éloignai aussi du Corso ; cette gaieté mondaine, ces parades, ces bavardages, tout cela aujourd'hui me déplaisait, c'était superficiel et d'une insupportable vanité.

Le crépuscule tombait, il allait faire nuit. Pour regagner le centre de la ville, j'avais pris une petite rue presque déserte et je la suivais en réfléchissant. Tout à coup, j'éprouvai une grande émotion. A quelques pas devant moi, lentement, silencieusement, marchait un être dont le seul costume me fit frissonner. Ah ! cette robe noire, flottante et trop large, comme elle était pareille aux vêtements... Mais non ! ce n'était pas possible, j'étais la dupe d'une ressemblance !... J'eus le désir de presser le pas afin de dépasser la forme, et de la regarder au visage, et de me détromper. L'idée absurde de la ter-- reur que j'éprouverais si, au lieu d'une face humaine, je découvrais une tête pareille à celles que j'avais vues hier, là-bas, me cloua sur place. Je ne pouvais plus avancer. L'être s'éloigna, disparut de son pas lent et silencieux, et je me hâtai de gagner, par une autre voie, la *via* Maqueda, remplie de lumières et de monde.

Pour me distraire et détourner le cours de mes pensées, je passai la soirée au théâtre où l'on jouait une comédie réputée. Mais les sentiments

les plus drôles et les jeux de mots les
plus achevés ne me déridèrent point;
au contraire, tout cet esprit me parut
profondément stupide et il me déplut
tellement qu'il me fut impossible
d'écouter plus de deux actes. Je sortis donc du théâtre et je repris le
chemin du logis. Mais dès que je fus
arrivé devant la porte, le souvenir des
impressions que j'y avais éprouvées
le matin m'envahit et me fit hésiter.
J'entrai cependant, je montai le large
escalier de marbre et je parvins à
l'étage où j'habitais. D'abord, dans
ma chambre, je ne ressentis rien. La
fenêtre était grande ouverte et la
rumeur de la rue montait jusqu'à moi.

Pour me déshabiller, je fermai les persiennes, les vitres et les doubles volets. Ainsi, je n'entendis plus qu'un bruit très atténué. Et alors, éclairée par une seule bougie, ma chambre me parut immense. On y voyait des recoins d'ombre inquiétants ; jamais, en me couchant, je n'avais remarqué qu'il y eût autant d'endroits obscurs dans cette chambre. Cela, ce soir, m'était infiniment désagréable et j'eusse voulu fouiller partout, visiter tout, regarder jusque sous mon lit. Longtemps je m'y refusai, trouvant que vraiment c'était trop ridicule... Mais, à la fin, je ne pus résister et je commençai une inspection détaillée de

chaque coin, même j'examinai avec
fièvre les plus étroits renfoncements,
ceux où un petit chien n'aurait seulement pas pu tenir et sous les chaises,
et sous la table, et sous le fauteuil...
Quand, enfin, il fut de toute évidence
qu'il n'y avait absolument personne
que moi dans ma chambre, je donnai
à la serrure un tour de clef et je
me laissai tomber dans le fauteuil,
comme accablé. Chose bizarre : ce
que je venais d'accomplir, qui aurait
dû me rassurer et me calmer complètement, n'avait fait, au contraire,
qu'augmenter mon trouble.

À présent, je me sentais tout à fait
mal à l'aise, l'impression si pénible

que j'avais éprouvée le matin avait
reparu ; j'étouffais et j'étais opprimé
par je ne sais quelle force inconnue.
J'avais la sensation que les yeux du
portrait me fixaient encore d'une
façon insoutenable et je n'osais regarder ce portrait, j'en détournais mes
regards avec une application continue.
Près de la porte, il y avait une grande
glace ; je craignais de m'y voir. On
eût dit que j'avais peur d'y trouver,
reflétée à mon côté, une chose qui
m'eût effrayé. J'étais là, sur ce fauteuil, plein d'un trouble incroyable,
et dont il m'était impossible de com-
prendre la cause. A la fois brûlant et
glacé, j'avais la fièvre, je respirais

avec essoufflement et je me sentais délirer.

Je compris qu'il ne fallait pas, res- ter là ainsi et je me couchai, jetant, pour aller plus vite, moi qui suis soi- gneux, tous mes habits par terre, après m'en être dépouillé hâtivement. J'espérais qu'une fois au lit, je serais plus calme. Je m'allongeai en pous- sant un soupir. Et je commençai à me tourner et retourner entre mes draps pour chercher le sommeil... Je ne le trouvai pas. J'attribuai d'abord mon insomnie à la bougie que j'avais laissée allumée contrairement à mon habitude. Mais, ce soir-là, j'avais si grand'peur de la nuit, que je ne voulais pas éteindre; l'idée de me trouver dans l'obscurité m'affolait. Je mis donc mon drap sur mon visage pour empêcher la lumière de m'arriver dans les yeux, et j'appelai de toutes mes forces le repos. Enfin, il vint, mais au bout de combien de temps, je ne saurais le dire.

Je fus réveillé au milieu de la nuit par une angoisse insupportable et par un bruit inconnu, étrange, effrayant, qui me glaça le sang dans les veines. C'était une sorte de frottement sur le parquet, comme si un être eût marché dans ma chambre, marché, non pas I glissé, d'un glissement absolument particulier et que je ne

connaissais pas... J'ouvris les yeux,
j'étais réveillé. Mais j'avais mon drap
sur la tête et je ne voyais rien. Je
distinguais seulement à travers la
toile la lumière de la bougie et je
n'osais pas soulever le drap et regarder. J'entendais et j'en claquais des
dents. Ce n'était pas, ce ne pouvait
pas être un être humain, un vivant,
qui glissât en faisant ce bruit inouï.
Et ce glissement-là n'appartenait pas
non plus à aucune bête que j'eusse
jamais vue. Ah! Seigneur! qui donc,
qui donc était dans ma chambre !...
Cependant, après un moment qui me
parut durer un siècle, le bruit s'arrêta. Ce fut le silence, un profond si-

lence. Sans doute était-il très tard :
plus rien ne montait de la rue ; c'é-
tait le silence noir, complet, absolu,
comme si tout ce qui vivait était mort.
Et ce silence, maintenant, succédant
au bruit qui m'avait terrifié, m'épou-
vantait. Je ne bougeais pas, je n'o-
sais, et je sentais une sueur froide
couler sur mon front. Cependant, je
fus pris d'un invincible besoin de
voir, de savoir : il ne me fut plus
possible de supporter cette ignorance
et cette torture. Alors, je soulevai mon
drap et je regardai dans la chambre.
Et je vis là, image que je ne pourrai
oublier de ma vie, atroce, atroce
image ! oui, un de ceux d'hier, un des

Cappuccini, agenouillé dans sa robe noire, les bras levés, — ses os, ses doigts de squelette ! — agenouillé devant le portrait !... Et les yeux du portrait étaient tournés vers lui avec douceur, et la bouche du portrait lui souriait !... Je poussai un cri, je m'évanouis.

***

Quand je revins à moi, il faisait jour. On n'y voyait guère dans ma chambre, car les doubles volets, qui sont d'usage dans le sud de l'Italie, garantissent bien contre la lumière (favorisant les bonnes siestes), mais l'un des volets, incomplètement clos, laissait passer un rais de jour. Il devait être de grand matin, car les bruits de la rue étaient encore épars. Dès que j'eus repris mes sens, je me levai et j'ouvris fenêtres et volets. Une grande clarté envahit la pièce, chassant toute l'ombre. Je poussai un soupir de bonheur en retrouvant le jour. Je m'étais accoudé à la fenêtre; quelques passants, çà et là, pas encore de voitures... Je réfléchissais à ma nuit, et, en voyant le ciel toujours bleu, le frais soleil du matin et la gaieté des choses, je ne comprenais plus ma terreur. J'allai examiner ma porte, elle était fermée à clef comme hier soir, la clef en dedans ; personne n'avait donc pu entrer. Et, puisque, hier soir, j'avais visité à fond ma chambre, que je m'étais assuré qu'elle était bien vide, il avait donc fallu que, cette nuit, j'eusse été victime d'une illusion. Sans doute, encore mal remis de l'émotion de ma visite d'avant-hier aux Cappuccini, et de la surprise que m'avait faite ma lecture de la veille et cette bizarre coïncidence de Pietro Catala, sans doute avais-je eu un fort accès de fièvre dans la soirée et avais-je éprouvé ensuite une hal-lucination. Mais, vraiment, devant la réalité du jour, devant la fraîche beauté du matin, tout cela s'effaçait, tout cela était remis à sa place, rien de tout cela n'existait plus. Je me tranquillisais de plus en plus en me trempant le visage dans l'eau froide et en entendant le mouvement de la rue augmenter peu à peu. Mais, tout de même, l'émotion que m'avait donnée ce portrait était singulière. Mon Dieu ! c'était un portrait comme il y en a des centaines chez les brocanteurs et il était risible qu'il m'eût valu de telles angoisses. Je ne sais pas pourquoi, même, en le considérant d'abord, je lui trouvais une expression égarée ; il avait l'expression banale d'une femme assez jolie et pas très intelligente. Cependant, tout en raisonnant ainsi, j'étais monté sur mon fauteuil et j'examinais la peinture de près. Il me sembla y distinguer, dans le fond, à droite de la figure, des lettres majuscules ; peut-être était-ce le nom de la dame ? Je descendis du fauteuil, pris une serviette, puis retournai au portrait et me mis à le frotter avec ma serviette. Maintenant que j'avais enlevé la crasse et la poussière du temps, je pouvais lire les caractères. Il y avait là, écrit : *Bianca Belfiore*.

Bianca Belfiore !...

Je fus frappé de stupeur.

Bianca Belfiore ! La belle tranquillité, dont je jouissais une minute auparavant, s'était soudainement enfuie. Je retrouvais mon trouble et ma peur. Cent idées se heurtaient dans ma tête, toutes plus effrayantes les unes que les autres. Je me rappelais que Bianca Belfiore, c'était le nom de la jeune fille, tel que je l'avais lu hier dans le livre, et je n'étais plus certain du tout d'avoir rêvé cette nuit. Il me fallait cependant une preuve, je ne pouvais pas vivre dans ce doute effroyable, avec l'idée que ce que j'avais aperçu cette nuit était vrai. Il me fallait la preuve que ce n'était pas vrai. J'étais habillé, je descendis sur-le-champ, à la grande surprise du portier qui ne m'avait jamais vu sortir d'aussi bonne heure. Je voulais aller tout de suite aux Cappuccini, revoir le squelette de Pietro Catala, m'assurer qu'il n'avait pas bougé...

Le frère, qui m'ouvrit la porte, prit une figure étonnée. Il se souvenait bien de m'avoir reçu avant-hier et, d'habitude, les étrangers qui étaient venus une fois visiter les Cappuccini n'y revenaient pas. Je descendis dans la crypte et c'est avec un atroce frisson que je passai au milieu des squelettes qui me rappelaient ma vision de la nuit. Le frère me suivait, ne comprenant pas pourquoi j'allais si vite. Je crois qu'à la fin il avait supposé que j'avais perdu quelque chose ici et que je le venais chercher. Ma foi, j'y avais perdu la raison ! Je ne m'arrêtai que devant le corps de Pietro Catala. Je m'arrêtai, je regardai. Puis, je me frottai les yeux. Mais ce n'était pas possible, j'y voyais mal, je regardais cette chose sans vie, ce squelette avec affolement. Il avait changé d'attitude !... Oui, il n'y avait pas à douter, c'était sûr ; je l'avais bien remarqué l'autre jour — c'était même pour cela qu'il m'avait frappé — il portait la tête haute et, en outre, il était appuyé de l'épaule gauche sur un corps voisin. Or, aujourd'hui, il avait, comme tous les autres morts, la tête dirigée vers le sol et il s'appuyait sur l'épaule droite. Je fus pris d'une sorte de tremblement et je demandai, d'une voix frémissante, au moine qui l'accompagnait, si l'on avait touché aux cadavres depuis avant-hier. Il me regarda d'un air interloqué et répondit en secouant la tête : « *No signore, no signore*, jamais on n'y touche. *Mai, mai !* jamais, jamais ! »

Je lui mis une monnaie dans la main. Je m'enfuis.

* *
* * *

Je quittai Palerme le matin même. Je dis au signor Herrera que j'avais reçu une dépêche qui me rappelait immédiatement. Il n'y ajouta pas foi, car il l'eût bien su, toute ma correspondance arrivant chez lui. Je ne voulus pas rentrer dans la chambre. Je chargeai Herrera de faire ma malle et de m'expédier toutes mes affaires à une adresse que je lui donnai.

Avant de partir, je lui avais demandé :

— Vous n'avez jamais rien entendu ici, la nuit ? Il ne vous est jamais rien arrivé de singulier ?

— Non, jamais ! m'avait il réparti en me regardant avec étonnement.

— Est-ce que vous avez déjà couché dans cette chambre ?

— Non pas, répondit-il. Mais voyez-vous, c'est curieux, cette chambre-là, elle est bien située, elle n'est pas chère et je n'ai jamais pu trouver encore un locataire qui y demeurât longtemps !...

LA SOIRÉE PERDUE

Comme nous flânions un soir dans les rues de Barcelone, la porte violemment éclairée d'un petit café-concert nous attira. Il fallait passer la soirée — et qui savait si pour nous, étrangers, il ne se rencontrerait pas là quelque chose d'intéressant ? — nous entrâmes.

Dans la salle, l'affluence était considérable. Nous ne pûmes nous caser qu'à la galerie, devant une table occupée déjà par deux Espagnols lesquels,

accoudés à la balustrade, suivaient
le spectacle avec attention. Parmi
l'atmosphère étouffante, après chaque
numéro, les applaudissements par-
taient, passionnés..., Un public surtout, à ce qu'il semblait, d'employés
et de commerçants du quartier, —
très peu de femmes, — quant au lo-
cal, il aurait pu passer, sauf l'absence
d'uniformes, pour celui d'un boui-
boui de province, en France, dans
une ville de garnison ; c'était grand
(quatre loges s'ouvraient à la suite de
la galerie) et sur la scène, qu'on dis-
tinguait à travers un voile de fumée,
des chanteuses françaises se déme-
naient. Une vraie série : gommeuses,

excentriques, « réalistes », toutes dé-
goisant leurs inepties d'une voix in-
suffisante, avec des gestes monotones
et absurdes, et toutes accueillies avec
la même satisfaction.

Ce tableau ne nous eût offert que
de médiocres sujets de réflexion,
mais que les Espagnols si violents, si
âpres, pussent se régaler de tels ché-
tifs produits de l'esprit parisien nous
frappait, le prestige de la gaieté et du
goût français sans doute, prestige qui
égare un spectateur comprenant à
peine notre langue, et lui fait accueil-
lir de confiance nos pires productions
comme des objets d'une élégance suprême... Dans le succès que nous

constations, entrait certainement beaucoup de satisfaction conventionnelle.
Ou bien encore il allait tout droit,
non pas aux chansons, mais aux
chanteuses, et celles-ci plaisaient aux
hommes d'ici, simplement parce que,
étant étrangères, elles contenaient
pour eux ce grain de mystère et d'i-
nattendu que toute femme d'un autre
pays nous apporte.

Enfin parut sur la scène une chanteuse espagnole : une grande femme
laide et mal habillée... Mais dès qu'on
l'aperçut, le silence se fit. Elle commença, et, pour nous ce fut une stu-
péfaction... Puissante et variée, avec
des réserves incroyables, les opposi-

tions les plus surprenantes, sa voix impressionnait comme un organe de fauve. Elle chantait des malagueñas, et cela était d'une violence bizarre, passionnée, farouche : cris de bête sous la caresse, plaintes, gémissements, vociférations éclatantes... Elle chantait, et c'était voluptueux et barbare, d'une saveur inconnue et extraordinaire. Etonnés, frissonnants, tout à fait pris par cet art où passait la vie entière d'une race ardente, nous écoutions avec l'âme. D'ailleurs, nous vîmes alors de l'enthousiasme espagnol. Tous les auditeurs s'étaient reconnus dans cette voix ; si, tout à l'heure, des françaises les amusaient, ils venaient maintenant de frémir. Le chant avait touché leurs entrailles. Aussi le plafond aurait pu crouler aux battements des mains, et l'on forçait la chanteuse à recommencer, puis, encore, et encore...

Cependant, les artistes, dans leurs costumes de scène, avaient passé dans la salle. Maintenant elles étaient dispersées, ici et là, aux fauteuils et à la galerie, attablées avec les spectateurs. Et les couleurs crues qui les habillaient, le disparate de leurs accoutrements, rendait le milieu pittoresque. La chanteuse de grande romance, dans une toilette de soirée décolletée, s'opposait au bébé en robe courte et sans taille, la gommeuse et son chapeau énorme, extravagante, toute brillante de faux diamants, contrastait avec les danseuses en petit corsage, jupe de tulle et tutu.

On leur faisait fête. Tout près de nous, un Espagnol en avait invité une, et avec elle il parlait français, à voix très haute : heureux de montrer aux voisins qu'il connaissait Paris, qu'il s'y était amusé. Son air de mauvaise compagnie portait à penser d'ailleurs que de Paris il ne connaissait guère que les trottoirs du quartier Latin : sans doute on l'avait envoyé là-bas étudier le Droit ou la Médecine, et il avait surtout travaillé avec des étudiantes de brasserie, arborant sur le boulevard Saint-Michel des cravates criardes, des complets étonnants, de grosses bagues et son accent de rasta-quouère. Pour l'instant il faisait beaucoup de bruit avec la française, une fille fatiguée, à la voix éraillée, qui, avant d'échouer dans ce boui-boui dé Barcelone, avait dû rouler un peu partout ; elle lançait des grossièretés en riant très fort : « Alors, nous allons *fére* la *fête* ce soir, bébé », lui disait l'Espagnol de sa voix rauque.

*\
* *

Sur la scène, le spectacle continuait A la chanteuse de malagueñas avaient succédé encore des françaises, puis un couple d'Aragonais, la femme dans un costume qui ressemblait à celui de nos grisettes de 1830 : petits souliers, jupe courte, léger châle en pointe jeté sur les épaules, une haute coiffure ; elle chantait... L'homme, en culotte collante, assis une jambe croisée sur l'autre, accompagnait sur la guitare.

Tous les deux étaient beaux, ils nous avaient intéressés...

Mais bientôt vint un numéro qui nous enleva. Au rythme d'un orchestre de guitares, deux danseuses andalouses s'étaient élancées sur les planches. Elles sautaient, tournaient, bon-

dissaient, avec des ronds de bras et
des mouvements dé hanches empoi-
gnants. L'une, surtout, était délicieu-
se. Une enfant : quinze ans peut-être,
— mais si menue, d'une grâce cependant parfaite. Non point grêle et mal
formée encore comme chez nous les
filles de cet âge. Au contraire, pro-
portionnée admirablement, déjà faite,
fillette d'Espagne fraîche et charmante. Ses gestes ravissaient ; en dépit
de toute notre attention à les suivre,
impossible d'en noter un qui ne fût
pur. Elle courait sur les planches. ses
petits pieds avaient des ailes, légè-
rement ce corps exquis volait sur
tout le théâtre, et elle jouait des cas-

tagnettes comme un ange. Elle nous parut d'autant plus adorable que sa partenaire était disgracieuse.

Aussi jeune, mais beaucoup plus grande, celle-là était maigre et dégingandée, avec des mouvements disloqués. Sa danse semblait une parodie de sa compagne, mais une parodie d'où ressortait tout ce que l'autre avait de charme... Nous étions enthousiasmés, nous nous exclamions de plaisir... Enfin, après avoir été bissées, les deux danseuses disparurent.

Nous ne pensions plus qu'à les revoir. A en juger par leurs camarades, ces deux danseuses devaient être d'un

abord facile. Sans doute, elles aussi
passeraient bientôt dans la salle, il
suffisait de les guetter pour qu'on
n'eût point le temps de nous les souf-
fler.

Nous quittâmes donc notre galerie.
Il fallait savoir par quelle porte les
artistes arrivaient de la scène : nous
découvrîmes le passage dans une buvette attenante, et sur laquelle s'ouvraient les loges. Au fond de, la buvette, en face de la caisse, aboutissait
un petit escalier tournant, noir, qui
paraissait sortir d'une cave ; c'est par
là que les chanteuses remontaient.
Nous nous y établîmes en sentinelle...
Près de la porte, des hommes assez

équivoques et quelques filles entou-
raient un tapis vert, jouant un jeu catalan où le minimum était d'un réal.
Le bruit de la monnaie de cuivre et
la vue des doigts qui la maniaient
sentaient la crapule. Debout derrière
les joueurs, nous les regardions. Des
femmes, assises aux tables de la buvette, nous lançaient des coups d'œil
engageants.

Je liai conversation avec un Français, qui était là et semblait bien con-
naître l'endroit. L'entretien arriva aux
deux jeunes andalouses. Il ne pensait
pas qu'on pût les avoir, — car, disait-il,
la mère les accompagnait toujours. Un
tel détail nous rendit encore plus im-

patients de les revoir. Mais nous sur-
veillions en vain l'embouchure som-
bre de l'escalier : elles ne paraissaient
pas... Nous écoutions le singulier
jargon qui se parlait autour de nous,
nous voyions sur le tapis vert inondé
de lumière glisser le râteau du crou-
pier, poussant d'une place à l'autre un
petit tas de monnaie salé ; de temps
en temps, venant du spectacle, un
éclat de voix, une note aiguë, arrivait
jusqu'à nous, et nous ressentions une
impression bizarre de surprise et d'inconnu.

Tout à coup, comme crachée par

le trou noir, la grande fille disgracieuse jaillit, avec sa jupe courte et sa
robe pailletée. Elle passa vite, maigre,
et d'un air provocant de gamine vi-
cieuse. Cela s'était produit si soudainement que nous n'avions pas bougé.
L'autre, la toute gracieuse, parut ensuite. Mon Dieu, qu'elles étaient
jeunes! Elles l'étaient autant, ici, tout
près de nous, que dans l'éloignement
de la scène!... Nous restions immo-
biles, stupéfaits, incertains sur ce que
nous devions tenter. Toutefois le milieu de débauche où nous étions nous
enhardit ; il eût été extraordinaire
qu'il autorisât ces deux petites danseuses à cultiver leur vertu.

Raymond, s'approchant d'elles, les pria d'accepter de prendre quelque chose avec nous. Il n'y eut point de difficultés. Alors nous repassâmes à la galerie. Elles demandèrent des sorbets. Puis, accoudées à la rampe de fer, elles suivirent le spectacle avec un intérêt enfantin. De temps à autre, elles échangeaient une remarque rapide, spontanée, sur un objet qui venait de les frapper ; elles avaient vu cent fois sans doute les scènes qui se déroulaient à présent sous leurs yeux, mais elles y prêtaient toujours un intérêt amusé, une curiosité de petites âmes neuves étonnées de tout. Elles semblaient ne faire aucunement attention à nous ; seulement, parfois, elles nous lançaient des coups d'œil sournois d'écolières dissipées, elles échangeaient des regards, se poussaient le coude et riaient. La grande fille s'appelait Rosario ; ses coudes appuyés sur la rampe, la tête dans ses mains, son corps mince allongé, elle regardait de ses grands yeux effrontés ce qui se passait sur le théâtre. Puis elle se retournait brusquement vers la petite Dolorida et se mettait à parler très vite, en clignant des yeux ou du nez, nerveuse, ravagée de tics, comme une fillette qui passe à la puberté.

Nous essayions de les faire causer. La petite Dolorida disait qu'elle était

allée à Paris ; elle y avait dansé à l'Exposition : Paris était une belle ville...
Elle montrait une figure naïve et franche, une bouche délicieusement fraîche, de jolis cheveux noirs, les yeux les plus irréfléchis du monde. Elle nous regardait avec curiosité, jetant des coups d'œil rapides sur nos bagues, sur la chaîne de montre de Raymond, puis elle se retournait du côté de la salle, avec l'air d'un petit chien qu'une foule de choses brillantes autour de lui attirent, qui voudrait pouvoir les voir toutes à la fois et passé de l'une à l'autre avec une charmante vivacité.

Cependant, Rosario, engageait son

amie à nous montrer qu'elle savait parler le « francé ». Et Dolorida, avec une mine à peindre et en nous tirant par la manche, disait avec application : « Ecoutez, mousieu... voulez-vous donner pour moi, mousieu,... oun frin... oun frin ! » Puis elle demandait si nous soupions : « Souparem ? » Et comme nous avions répondu que oui, elle se levait sans rien dire et disparaissait un instant.

Maintenant nous avions bon espoir. A Paris, les femmes avec qui l'on soupe ne sont pas trop farouches, on peut compter qu'elles ne vous opposeront point une résistance fort sévère... Toutefois, en examinant nos

deux compagnes, nous n'osions encore nous croire leurs vainqueurs.
Enfin, nous allions voir.

* * *

On passa dans une des loges ; celles-
ci, le spectacle terminé, devenaient
cabinets particuliers ; cabinets peu
discrets, le côté, donnant sur le théâtre, restant ouvert et, d'autre part, la
porte ne fermant point. On voyait
par la baie, la salle, tout à l'heure
bruyante et éclairée, à présent vide,
obscure et silencieuse. On entendait
dans la loge voisine les grands éclats
de l'Espagnol et de la chanteuse française.

Dolorida et Rosario avaient commandé un souper singulier : du saucisson et de la salade russe, du poulet et, pour la fin, des moules marinières...

Nous étions seuls. Nous pensâmes à en profiter, et nous nous approchâmes de nos convives. Mais, au lieu d'être faciles, d'autant plus que nous ne recherchions qu'une mince faveur, nos deux soupeuses, se levant, se mirent à se défendre avec furie.

Raymond avait posé un baiser sur les lèvres de Dolorida, elle le cracha en rugissant comme une petite sauvage. Il continuait, il effleurait son corsage d'une main hardie: le sang

aux joues, un éclair passant dans ses
yeux, elle saisit un couteau, elle avait
senti l'offense comme une duchesse.
Ce naturel, ce feu me ravissaient. Ils
excitaient Raymond qui, en outre,
ayant conscience du ridicule, en serait
devenu brutal... Quant à moi, mes at-
taques étaient repoussées avec perte.
Rosario criait et me pinçait.

Mauvais début.

Il y eut une trêve. Nous nous regardions, Raymond et moi ; nous avions
senti que nous étions joués ; ce serait
un souper blanc Tout de même, il
était sot de se voir ainsi tenus en res-
pect par deux petites danseuses de
café-concert. Notre dépit s'augmen-

tait de l'idée que notre défaite serait publique : la porte ne fermant pas, on entendait tout de la buvette et des loges voisines, on allait faire des gor-ges chaudes de notre aventure... Déjà chaque éclat de rire de l'Espagnol et de la Française nous semblait s'adres-ser à nous. Et nous croyions saisir, sur la figure du garçon, un air qui nous donnait envie de le jeter dehors.

Cependant, maintenant que les plats étaient sur la table, les deux enfants se précipitaient dessus avec un appé-tit de louveteaux affamés. Sans doute, n'avaient-elles pas mangé depuis trois jours, leurs yeux brillaient, elles dévo-raient, elles avalaient tout avec une gloutonnerie prodigieuse. Rosario mordait à même le pain, mettait les doigts dans la sauce, empoignait les os de poulet et les suçait. Elles étaient sales comme des gosses en tablier qui, les mains tachées d'encre et les ongles noirs, mangent leurs tartines de confiture en s'en barbouillant la figure. Rosario n'avait d'yeux que pour son assiette, elle se léchait les doigts et ne faisait plus attention à rien... J'allongeais vers elle une main libertine, qu'elle chassait rapidement d'un coup de fourchette.

Pour Dolorida, elle ne s'était arrêtée qu'un instant, et pour dire: «Mousieu, voulez-vous donner un bifteck à

ma mère ?» Nous avions répondu :
« Ta mère est là ? Va la chercher. »
Si nous tâtions de l'entremise de la
mère ?... L'enfant n'avait pas riposté
et s'était remise à manger. Raymond
la regardait avec mécontentement, le
nez long d'une aune. Ses tentatives
ayant été déjouées complètement, il
avait renoncé, mais avec l'envie de
giffler sa rebelle. Nous attendions dans
un piteux silence. Nous pensions :
« Alors, que cela finisse vite ! Qu'elles
se bourrent et s'en aillent... »

* * *

Cependant, nous avions réglé la

note. Et elles, la dernière bouchée à peine avalée, poussant la porte, s'étaient enfuies, sans même nous dire au revoir. Nous sautâmes dehors, doublement vite, car nous avions hâte d'échapper aux regards du café.

Dans la rue, nous les aperçûmes à la lumière d'un réverbère, marchant aux côtés d'une grosse femme qui avançait lentement.

Raymond s'approcha de celle-ci, la salua, et se mit à lui parler en catalan :

— Buenes... Pourquoi ne pouvons-nous pas la faire venir avec nous ?

— Qui ?... Elle, señor ?... dit la mère. (Elle parlait de Rosario.) Mais c'est une enfant : elle a quatorze ans.

— Quatorze ans... elle en a seize ! s'écria Raymond. Seize... Et les Espagnoles de seize ans sont comme les filles de chez nous à vingt.

— Ça, c'est vrai, fit la grosse femme. Mais la nine est toute jeune... Ah! si vous pouviez nous trouver un engagement !... Puis elle se mit à parler castillan.

— Parla catala ! Parla catala ! dit Raymond. Combien avez-vous ici ?

— La petite a un douro par jour. Et quand nous avons tous mangé, il ne reste plus rien.

— Ne pourrait-on pas s'arranger ? demanda Raymond.

— La petite est bonne, prononça la vieille sentencieusement. Elle réfléchit. Puis elle reprit : « Non, c'est trop tôt... Je suis sa mère. Ce serait mal... Cela me serait égal à moi, mais cela l'abîmerait, señor. »

Nous étions arrivés à leur calle. Dolorida et Rosario étaient un peu devant, la mère les appela. Elles arrivèrent, obéissantes : « Au revoir aux messieurs... » Alors, dociles, elles nous donnèrent une poignée de main puérile : « Buenes señores », et s'en allèrent.

Mon ami de Guernesey

Je naviguais un peu, avant la guerre, dans la Manche. J'étais entré un soir d'été dans un bar de Saint-Pierre, à l'île de Guernesey. C'était éclairé, confortable. Assis devant mon verre, je regardais vaguement la barmaid, qui coupait un citron. Un gros gaillard, vêtu d'une façon cossue, pénétra dans le bar.

Il dit :

— Good bye !

Je répondis :

— Good bye !

— Vô avez l'accent français, s'écria-t-il. Je suis contente que vous sois Français. Je suis contente. Moâ, je aime la France.

Et il m'offrit, avec une excessive cordialité, de trinquer avec lui. Il me raconta qu'on avait eu dans la journée un concours de tir à Saint-Pierre, et que le club dont il faisait partie avait remporté le prix. Il venait à l'instant de quitter ses amis, avec lesquels il avait célébré leur victoire. Et il commença, lyriquement, à m'énumérer les péripéties et tous les détails admirables de cette lutte. Il était en-

thousiasmé, débordant de joie. L'exis-
tence, visiblement, lui semblait mer-
veilleuse... Comme je ne voulais pas
être en reste de politesse avec ce
gentleman, à mon tour j'offris quelque chose. Mais il tenait visiblement
à me faire honneur, il fit revenir la
bouteille... Cependant, une heure du
matin allait bientôt sonner, j'avais
sommeil. Après avoir remercié l'excellent homme, je manifestai l'inten-
tion de lui dire au revoir. Mais c'est
qu'il n'entendait pas de cette oreille-
là ; mon départ lui causait un profond
chagrin. Non, il ne pouvait pas me
quitter encore ; cela, il ne le pouvait
pas ! Comme j'insistais, il préféra

abandonner lui-même le bar pour m'accompagner. Nous sortîmes ensemble.

Nous avions pris une petite rue noire. Nous marchions à côté l'un de l'autre, et il me racontait qu'il était un des plus gros boulangers de l'île ; il avait dans son écurie huit chevaux pour les livraisons. Il voyageait quelquefois en France ; il connaissait la Normandie : *Lisio, Paont-L'Evêque* ; il aimait *le* France... Nous descendions la rue tout à fait déserte... Il profita de ce moment-là pour me dire qu'il 'avait de l'argent sur lui, mais il se méfiait des voleurs, n'est-ce pas ; alors il portait deux gilets, et il mettait son portefeuille dans une poche intérieure de son second gilet. Ainsi, il ne courait aucun danger. D'ailleurs, il allait me montrer... Si!... si!... il y tenait!...

Il s'arrêta sous un réverbère, et là, dans ce coin solitaire, il déboutonna son premier gilet, il déboutonna le second, puis il me montra la poche intérieure dont, sur-le-champ, il tira un gros portefeuille. Et il ouvrit ce portefeuille pour me faire constater qu'il était rempli de bank-notes. Tous les deux, nous étions arrêtés au milieu de la rue vide. Je lui dis :

— Allons, remettez votre portefeuille dans votre poche.

— Je le remettre... je le remettre...
me répondit-il d'une voix incertaine.

Mais il avait repris sa marche en
tenant son portefeuille à la main...
Alors, je m'arrêtai de nouveau. Lui
de même. Je tendis la main vers le
portefeuille, il me le donna ; je repla-
çai soigneusement l'objet dans sa
poche, je reboutonnai le second gilet,
puis, par-dessus, le premier. Un enfant ! Enfin, je pris son bras, et nous
continuâmes notre chemin au milieu
de la nuit.

— Je veux que vous voyez mes chevaux... me dit-il bientôt. Vô aimez
les chevaux. Vô aimez sûrement les
chevaux. Des belles bêtes, Goddam !

—Huit… belles… bêtes… Nous allons à l'écurie ! Vous voirez mes chevaux !…

J'essayai de lui objecter qu'il était peut-être un peu tard, que nous les verrions plutôt demain et mieux. Mais non ! Mais non ! Il n'en voulait pas démordre. Maintenant, il croyait que, pour lui, c'était un devoir de politesse de me montrer ses chevaux. Il était un gentleman ! Aoh ! il savait se conduire… Il supposait que, si je faisais des cérémonies, c'était crainte de le déranger. Mais, par le diable, nous allions y aller, il avait un très grand plaisir à me montrer ses chevaux maintenant !… Il fallait seulement passer à la maison pour prendre les clés. Après nous irions à l'écurie.

— Yes ! yes ! je veux. Vous voirez mes chevaux... Vô aimez les chevaux... vô aimez sûrement les chevaux... de belles bêtes... sir... huit... belles... bêtes...

Je ne résistai plus. C'était si inutile. D'ailleurs, je ne m'ennuyais pas, et j'avais fini par abandonner l'idée de me coucher; je commençais à sentir de la sympathie pour mon ami; la confiance qu'il m'avait témoignée tout à l'heure, en m'expliquant ce qu'il avait imaginé pour échapper aux voleurs, bien qu'elle résultât principalement de l'état de perfection dans lequel tout, gens et choses, lui apparaissait à présent, m'avait touché. Il se fût conduit ainsi avec n'importe qui, dites-vous... Eh bien, je lui savais gré tout de même. .

Bras dessus, bras dessous, nous cherchions donc sa maison parmi les rues silencieuses et endormies de Saint-Pierre. Je ne pouvais point la trouver, puisque je ne la connaissais pas, — et je ne connaissais pas non plus la ville. Comment il se fit que nous arrivâmes précisément devant sa porte, je n'en sais rien. Enfin, il s'arrêta et dit : « C'est là ».

Puis, il frappa avec le marteau.

Un moment passa, j'entendis des

pas qui descendaient un escalier, la porte tourna sur ses gonds, et une personne, qui me parut assez respectable, ouvrit, nous éclairant avec une lampe qu'elle tenait haut. Elle me regarda d'un air étonné.

— Il est un ami français, dit l'excellent homme... Voulez-vous, ma chère, donner à nous un peu de whisky.

La personne respectable nous fit entrer dans un petit salon. Elle était probablement la femme de ce gros boulanger. Elle l'avait attendu sans se coucher. Elle le regardait d'un air d'ennui et de reproche, mais elle n'osait rien dire, essayant par courtoisie de sourire à l'ami français. Elle allait chercher des petits verres. Je sentais d'ailleurs que cela ne lui était pas trop agréable.

— Je viens seulement prendre le clé de la écurie. Je vais montrer à lui les chevaux. Ces belles bêtes, huit... belles... bêtes...

Il s'était assis dans un fauteuil, il était très rouge, mais son excitation de tout à l'heure paraissait un peu tombée. Peut-être avait-il envie de dormir, à présent.

Alors, je dis à la dame que j'étais d'avis qu'il valait mieux ne voir les chevaux que demain, que je l'avais déjà exprimé à Monsieur, et que j'al-

lais prendre congé. Elle me remercia
du regard. Elle murmura à son mari
quelques mots en anglais, l'enga-
geant, sans doute, à se coucher; il
répondit à peine, je crois que son fauteuil l'avait déjà tout à fait conquis.
Je lui tendis une main qu'il serra cependant avec effusion. Mais il ne me
retint pas. Je saluai la dame. Je me
retirai.

C'est bien un grand hasard si je
finis par retrouver mon hôtel ; et
quand j'eusse voulu retourner à la
maison de mon ami, du diable si je
l'eusse pu !...

Le lendemain matin, je m'aperçus
que je n'avais plus mon porte-mon-

naie ; cela me contraria ; il contenait une assez bonne somme. Je l'avais sans doute perdu la veille dans cette soirée. Perdu ? Eh ! oui, perdu... Quoi ? Pourquoi me regardez-vous d'un air malin ? Vous ne supposez pas, je pense, que c'est lui qui m'avait pris mon porte-monnaie ?... Je ne sais même pas pourquoi j'en parle. l'ai perdu, en effet, mon porte-monnaie, ce soir-là, mais ça n'a aucun rapport avec cette histoire, laquelle vous montre seulement combien les Anglais, si calomniés, sont confiants et naïfs. Me mettre dans la main son portefeuille, en pleine nuit, dans une rue déserte ! Il ne me connaissait pas.

Quand j'y pense! Ah! quel brave homme! Est-ce que je ne pouvais pas, tout aussi bien, être un voleur?...

TABLE

	Pages
Le Revenant des Cappuccini	5
La Soirée perdue	49
Mon ami de Guernesey	79

IMP. JOUVE & Cⁱᵉ, 15, RUE RACINE, PARIS — 5200-21

9 782329 035765